Zoe
y
SASAFRÁS

MONSTRUOS Y MOHO

THE
INNOVATION
PRESS

LEE LOS DEMÁS LIBROS DE LA SERIE

ÍNDICE

PARA CHLOÉ Y JULIEN — ML
PARA GOOSE Y BUBS — AC

Esta es una obra de ficción. Los nombres, personajes, lugares y sucesos son producto
de la imaginación de la autora o se usan de forma ficticia.

Todos los derechos reservados. Ninguna parte de este libro se puede reproducir, transmitir o
almacenar en ningún sistema de recuperación de información por ningún medio gráfico, electrónico
o mecánico, incluidas fotocopias y grabaciones, sin permiso previo por escrito de la editorial.

Publisher's Cataloging-in-Publication
Citro, Asia, autora.
Monstruos y moho / Asia Citro ; ilustradora, Marion Lindsay.
Título original en inglés: Monsters and Mold
pages cm -- (Zoé y Sasafrás; 2)
Resumen: Una niña, Zoé, y su gato, Sasafrás, hacen experimentos científicos para ayudar
a un monstruo en problemas.
Audiencia: Grados K-5.
LCCN 2016904045
ISBN 9781943147755
1. Monsters--Juvenile fiction. 2. Molds (Fungi)--Juvenile fiction. [1. Monsters--Fiction. 2. Molds
(Fungi)--Fiction. 3. Science--Experiments--Fiction. 4. Experiments--Fiction.] I. Lindsay,
Marion, illustrator. II. Title. III. Series: Citro, Asia. Zoey and Sassafras ; 2.
PZ7.1.C577Mo 2016
[E]
QBI16-600079

Publicado por The Innovation Press

www.theinnovationpress.com
7511 Greenwood Ave North. #4312, Seattle, WA 98103
Impreso y encuadernado por Worzalla
Fecha de producción Febrero 2021 | Ubicación de la planta: Stevens Point, Wisconsin

Diseño de portada: Nicole LaRue | Diagramación del libro: Kerry Ellis
Traducido al español por Aparicio Publishing

PRÓLOGO

Ya hace días que mi gato Sasafrás
y yo estamos desesperados porque suene
el timbre del establo.

Muchos se emocionan cuando oyen
el timbre de la puerta por que eso puede
significar que les ha llegado un regalo o
un paquete, o que un amigo ha venido a
jugar. Pero nuestro timbre es mucho más
emocionante, ya que es un timbre *mágico*.
Cuando suena, quiere decir que un animal
mágico nos espera junto al establo.

Un animal mágico que necesita de nuestra ayuda.

Mi mamá los ha estado ayudando casi toda su vida. Y ahora *yo* también puedo ayudarlos...

CAPÍTULO I
EXPERIMENTOS CON PAN

Fafff.

Me reí. El pan mohoso hacía un ruido súper repugnante al apretarlo dentro de la bolsa.

Apreté una vez más.

Fafff.

Mi gato saltó a la mesa para ver lo que yo estaba haciendo. La brisa fresca que entró por la ventana le onduló su suave pelaje y la luz del sol le hizo entrecerrar los ojos. *Fafff.* Sasafrás dio un salto atrás y bufó.

—No te preocupes, Sasafrás —dije, riendo y rascándole la barbilla—. El moho está dentro de la bolsa sellada. ¡No te hará daño, gatito!

Pero no lo vi muy convencido.

—De hecho, es algo genial. Estoy

haciendo dos experimentos con pan duro que encontró mi mamá. Mira —dije, señalando al otro extremo del cuarto—. Aquel experimento está poniendo a prueba si el pan húmedo se llena de moho más rápidamente que el pan seco.

Volví a apretar con el dedo la bolsa sobre la mesa.

—Y este pone a prueba si el pan tibio se llena de moho más rápidamente que el pan frío. Por eso lo puse al sol.

Sasafrás rozó la bolsa con la pata y arrugó el hocico.

—Hay otras bolsas en el refrigerador y en el congelador, pero esas aún no tienen moho. Por eso es más divertido observar esta, ¿no crees, gatito?

Sasafrás hizo una mueca y se bajó de la mesa. Supongo que no le gustan los experimentos con moho tanto como a mí.

Quizá Sasafrás estaba demasiado pendiente de que el timbre mágico sonara. Pero lo cierto es que desde que se fue

el tierno dragoncito al que curé, el timbre
ha estado mudo, lamentablemente mudo.
Por eso estaba tratando de distraerme
y mantener la mente ocupada con estos
experimentos. Explorar la ciencia es mucho
más divertido que quedarme junto a la
oficina de mi mamá esperando, esperando
y *esperando* a que suene el timbre mágico.

Suspiré.

En eso, oí un crujido afuera, entre los
arbustos. Sasafrás saltó a la mesa. Apuntó
las orejas hacia el jardín trasero y se quedó
muy quieto, escuchando.

—Tú también lo oíste, ¿verdad?
—susurré.

Sasafrás me respondió con un
maullido, sin quitar los ojos del jardín.
Los dos presionamos la cara contra la
malla de la ventana. ¿Sería un venado?
¿O una tierna ardillita?

Los arbustos crujieron de nuevo.
Entonces algo... o *alguien*... carraspeó.
¡Sasafrás y yo dimos un salto!

CAPÍTULO 2
DISCULPE

El corazón me latió con fuerza y el estómago me dio mil vueltas. Que yo supiera, ningún animal del bosque carraspea. Mi mamá había salido a hacer mandados. ¿Debía llamar a mi papá? Tal vez solo había imaginado ese ruido... En eso, se me ocurrió una forma de averiguarlo.

—Eh, hola... ¿Hay alguien por ahí? —dije con voz chillona.

De entre los arbustos salió una criatura más o menos de mi estatura. Era peluda y anaranjada, y tenía unas orejas gigantes y dos cuernos en la cabeza. La criatura nos miró con sus grandes ojos entrecerrados. Parecía un... un... ¿un *monstruo*?

Me quedé pasmada, con la boca abierta.

El monstruo se sacudió el pelaje y volvió a carraspear. Parecía que iba a decir algo. ¿Acaso los monstruos *hablan*?

Sasafrás rompió el silencio al brincar de mis brazos. Antes de que lo pudiera detener, salió a toda prisa por la gatera y corrió hacia el monstruo. Empecé a seguirlo, pero me detuve en seco. Era un monstruo muy alto... Pero, al mismo tiempo, no quería que le pasara nada a Sasafrás. ¿Qué debía hacer?

Respiré hondo. Mi mamá nunca dijo que hubiera criaturas mágicas peligrosas en nuestro bosque. Tal vez este era un monstruo muy grande *y* muy amigable.

Crucé los dedos deseando que así fuera y me apresuré a salir.

El monstruo estaba parado con los brazos en alto y parecía aterrado. Sasafrás corrió hacia él. Cuando estuvo lo suficientemente cerca, le saltó encima al monstruo.

—¿Qué es esto? *¡Aaah!* ¡Auxilio! —gritó el monstruo, tambaleándose.

¿Intentaba Sasafrás saltar a sus brazos? El monstruo no dejaba de moverse, así que mi gato se rindió y empezó a *ronronear* furiosamente a los temblorosos pies del monstruo. Luego le golpeó una pata con la cabeza y siguió ronroneando.

El monstruo se llevó las manos a las mejillas con un gesto de terror y volvió a gritar.

—¡Me quiere comer! Oigo su estómago gruñir. ¡Ay, ayúdame!

Alcé en brazos a Sasafrás y dije:

—¡Lo siento mucho! Mi gato no quiere hacerte daño. Creo que le caes *muy* bien.

Sasafrás luchaba por desprenderse de mis brazos para seguir demostrándole afecto al monstruo, así que lo aferré un poco más fuerte contra mi pecho.

—¡Le caigo tan bien que quiere comerme! —resopló el monstruo.

Solté una risita.

—Sasafrás come comida para gatos, no monstruos. Te lo prometo.

El monstruo se calmó un poco. Me miró con detenimiento y frunció el ceño.

—Por las historias que se cuentan en el bosque, pensé que me iba a encontrar con un ser humano más grande.

Enderecé un poco la espalda.

—Esas historias deben de ser sobre mi mamá, pero yo soy lo suficientemente grande como para ayudarte.

El monstruo alzó una ceja.

—¿Estás segura? A mí me pareces pequeña.

Acomodando a Sasafrás sobre mi cadera, dije:

—Lo sé todo sobre el timbre mágico y el establo. Hasta ayudé a un dragón bebé yo sola.

—¿De veras? —dijo el monstruo, un poco más convencido—. Me encantan los dragones.

—A mí también —dije, dando un suspiro al recordar al pequeño Malvavisco—. Si pude descubrir qué problema tenía un dragón bebé que ni siquiera hablaba, estoy segura de que podré ayudarte a ti —añadí, confiada—. ¡No puede ser tan complicado ayudar a alguien que es capaz de responder a mis preguntas!

El monstruo me echó otra mirada y asintió con la cabeza.

—Como sabrás, dentro de poco será el Baile anual de monstruos.

¿El Baile anual de monstruos? ¿Una *fiesta de monstruos*? Por poco suelto una carcajada al imaginar a un grupo de monstruos bailando. Pero no quería ser grosera ni mostrar que no sabía nada sobre el baile. Así que asentí con la cabeza y sonreí.

—En fin, el baile se celebrará en pocos días —continuó—. Desde que tengo memoria, he tenido... un... un problema un tanto vergonzoso. Y por eso nunca he ido al gran baile. Pero este año de verdad quiero ir y tenía la esperanza de que me pudieras ayudar a deshacerme del problema.

Al decir esto, se dio la vuelta. Me quedé sin aliento. ¡El pelaje del monstruo estaba cubierto de moho!

CAPÍTULO 3

PELAJE MOHOSO

El monstruo se puso de frente, pero mantuvo la mirada hacia abajo.

—Ya lo sé, es repugnante.

—¡Ay, lo siento! Pero no está tan mal —dije—. Es solo que me sorprendí. Nunca había visto un pelaje mohoso. Aunque lo cierto es que es la primera vez que veo el pelaje de un monstruo. ¿Esto es algo que les suele pasar a ustedes?

—No, solo me pasa a mí —suspiró con tristeza—. ¡Es *tan* vergonzoso! Los monstruos cuidamos mucho de nuestra apariencia.

Y aunque me bañe a menudo, me sigue saliendo este odioso moho. Empieza por la espalda ¡y se extiende hasta cubrirme todo!

—Cuánto lo siento...

Sentí lástima por el pobre monstruo. Qué problema tan terrible.

—¿Me puedes ayudar? Debe de haber alguna forma de evitar que me siga saliendo moho en el pelaje.

—Será un gusto ayudarte. Mmmm...

Me llevé un dedo a los labios y pensé. El moho puede ser peligroso. Debía hallar una solución que no implicara tocar el moho, o tendría que esperar a mi mamá para que me ayudara.

Sasafrás maulló y con una pata me dio un golpecito en la cabeza.

—¡Oye! ¿Por qué hiciste eso?

Fruncí el ceño, pero me di cuenta de que Sasafrás me estaba recordando las Gafas para pensar. Suena tonto, pero estas nunca fallan. Cada vez que me pongo las gafas de la suerte en la cabeza, se me ocurren ideas fantásticas.

—Espere un minuto, Sr. Monstruo. Regreso enseguida. Voy a traer algo de la casa.

El monstruo resopló.

—Me llamo Gorp, no "Sr. Monstruo".

—Ay, lo siento, Gorp. Dame un segundo.

En cuanto me puse las Gafas para pensar, se me ocurrieron más preguntas. ¡Uf! Tal vez podría resolver este problema antes de que regresara mi mamá. Tomé un bolígrafo y mi diario científico, y salí corriendo.

Me ajusté las Gafas para pensar y abrí el diario científico justo en la página con la foto de Sasafrás montado en el lomo del dragón Malvavisco. Acaricié la foto lentamente y de las escamas de Malvavisco brotaron destellos de luz. La foto mágica pareció cobrar vida.

Gorp carraspeó.

Busqué una página nueva en el diario y escribí el problema en la parte de arriba:

PROBLEMA:

El pelaje de Gorp está mohoso.

—Dime, Gorp, ¿qué tan seguido te bañas? ¿Y dónde lo haces?

—Me baño todos los días en el arroyo.

—Y, ¿qué haces después? ¿Te secas y te vas a tu... casa de monstruos?

—Pues, algo así. Me sacudo el pelaje y luego me voy a dormir a mi tibia cueva en las montañas.

Escribí:

NOTAS:

Baño en el arroyo.

Pelaje (húmedo).

Duerme en una cueva (tibia).

¡Ajá! Eso era. Repasé mis notas y encerré en un círculo las palabras *húmedo* y *tibia*. ¡Tal como mis experimentos con pan!

—Gorp, ¡ya resolví tu problema!

CAPÍTULO 4
¿UNA SOLUCIÓN FÁCIL?

—El moho sale rápidamente en las cosas húmedas y tibias —le expliqué a Gorp—. Seguramente, cuando regresas a tu cueva, tu pelaje aún está *húmedo*. Y luego duermes en la cueva, que está *tibia*. Esa es la forma perfecta de generar moho.

Gorp parecía preocupado.

—¿Quieres decir que el problema es mi cueva tibia? ¡No quiero dormir afuera, en medio del frío!

Le di unas palmaditas en el brazo.

—Creo que si nos ocupamos del pelaje húmedo, podrás dormir en tu cueva tibia sin ningún problema. Te prestaré una toalla para que te seques bien el pelaje. Y para estar súper seguros, deberás bañarte muy temprano en la mañana. Así, cuando llegues a la cueva, tendrás el pelaje *súper* seco. Y eso evitará el moho.

Escribí en mi diario:

SOLUCIÓN:

1. Gorp se bañará temprano.
2. Gorp se secará muy bien con una toalla.

Observé la página en la que estaba escribiendo. Me hubiera gustado agregar una foto de Gorp para esta entrada de mi diario. Mi mamá me había dado una cámara de rollo instantáneo y tenía el permiso de tomar una foto a cada criatura mágica que ayudara. Pero no quería pedirle una foto a Gorp porque lo acababa de conocer. En fin, su problema había sido muy *fácil* de resolver. Cerré mi diario científico.

—Ya vuelvo —anuncié.

Corrí a la casa y regresé con una toalla. Gorp la tomó con la punta de los dedos y la observó.

Ah, claro. Los monstruos no tienen por qué saber qué es una toalla.

—Mira, se usa así —dije, mientras fingía secarme.

Gorp me miró detenidamente y luego tomó la toalla, sonriendo.

—Gracias por tu ayuda, pequeña humana. Estoy feliz de poder ir al Baile de monstruos.

—No hay de qué. Me llamo Zoé y este es Sasafrás. Esperamos que te diviertas en el baile.

Vaya, ¡qué fácil había sido! Me despedí

agitando la mano y Gorp desapareció en el bosque. Al darme vuelta para regresar, escuché el carro de mi mamá acercándose a la casa. Sasafrás y yo nos apresuramos a recibirla.

—¡Mamá! ¡Resolví un problema yo sola! Un monstruo llegó al establo y Sasafrás estaba encantado. ¡Pero el monstruo estaba cubierto de moho! Fuimos súper cuidadosos de no tocarlo porque sé que algunos tipos de moho son peligrosos. En fin, descubrí que estaba mohoso porque dormía en su tibia cueva con el pelaje

húmedo. ¡Es lo mismo que descubrí con mis experimentos con pan! Entonces, bastó con recomendarle que se bañara más temprano y se secara bien con una toalla. Así, a la hora de irse a dormir estará bien seco ¡y no tendrá más problemas con el moho! A propósito, le presté una de nuestras toallas. Espero que no te moleste.

—¡Vaya! Veo que tuvieron una tarde de muchas aventuras —dijo mi mamá. Me tomó del hombro y entramos juntas a la casa—. ¿Por qué le habría caído tan bien el monstruo a Sasafrás?

—Ay, mamá, lo hubieras visto. Estaba *desesperado* por hacerle cariñitos. Hasta trató de saltarle a los brazos. Gorp estaba aterrado. Creo que los monstruos no están muy acostumbrados a los gatos.

Mi mamá asintió, pensativa.

—No, me imagino que no. Pobre Gorp. Los monstruos se toman muy en serio el tema de la limpieza. Debe de ser difícil para él tener un pelaje mohoso.

—Sí, parece que le preocupa mucho lo que los demás monstruos piensen de él. Dijo que, por culpa del moho, nunca había ido al Baile de monstruos.

—¡Ay, qué pena! Me han hablado maravillas de ese baile. Parece que es muy divertido. Bueno, espero que Gorp se anime a ir este año. Parece que hiciste un buen trabajo.

Sabía que había resuelto el problema de Gorp, sobre todo después de hablar con mi mamá. Estaba tan segura de eso, que pasé la página de mi diario científico y empecé a soñar despierta con el siguiente animal mágico que conoceríamos.

CAPÍTULO 5
DE REGRESO

Estaba en el establo pensando en qué experimento hacer con las últimas rebanadas de pan, cuando sonó el timbre. Me levanté de un salto con tanta prisa que se me cayeron las Gafas para pensar. Las recogí y salí corriendo.

Sasafrás fue casi bailando hacia la puerta trasera.

—Sasafrás, ¿qué tipo de animal crees que será esta vez?

—¿Miau?

—Sí, yo tampoco lo sé, pero espero que

sea un bebé. ¡El pequeño Malvavisco era tan tierno!

—¡Miau!

Abrí la puerta muy despacio para no asustar al animal que había venido a buscar ayuda. Los hombros se me desplomaron. No era una criatura nueva. Era Gorp. Y *seguía mohoso*. ¡Ay, no!

Gorp suspiró y yo fruncí el ceño. El único que estaba feliz era Sasafrás. Daba saltos de alegría y ronroneaba *rebosando* de felicidad. De hecho, estaba tan contento que no se dio cuenta de una mosca que volaba por ahí. Eso me sorprendió porque a Sasafrás le obsesiona cazar y comer insectos. Lo cargué antes de que volviera a asustar a Gorp.

—No funcionó para nada —dijo Gorp, dando un puntapié en el suelo—. Hice todo lo que me dijiste. Me bañé temprano en la mañana. Usé tu toalla. Me aseguré de que mi pelaje estuviera súper seco antes de acostarme, pero ¡sigo todo mohoso!

Gorp parecía estar a punto de llorar. En

eso, la mosca comenzó a volarle en círculos alrededor de la cabeza. Trató de espantarla con la mano, pero la mosca no se alejaba.

—¡Soy tan repugnante que ni siquiera esta mosca me deja en paz! —lloriqueó.

—Gorp, ¡no llores, por favor! No te des por vencido todavía. Lo primero que intentamos no funcionó, pero eso no significa que no podamos resolver tu problema. Solo debemos

intentar algo distinto.

—Pero, ¿qué? —se quejó Gorp—. Nada curará mi pelaje mohoso. Estaré cubierto de moho por siempre jamás. ¡Nunca podré ir al baile! *¡Nunca!*

Sasafrás se zafó de mis brazos y corrió hacia Gorp. Los mimos de mi gatito siempre me consuelan cuando estoy llorando, pero Gorp retrocedió cuando lo vio acercarse.

Logré detener a Sasafrás.

—¡Quieto! —le ordené.

Sasafrás me miró molesto, pero se acomodó a mis pies.

—Sé que no estás familiarizado con los gatos, pero no son malos y no comen monstruos. Te aseguro que no tienes por qué tenerle miedo a Sasafrás. ¡No lastimaría ni a una mosca!

Ni bien lo dije, la fastidiosa mosca le voló cerca y Sasafrás se la comió.

Gorp dio un chillido.

¡Recórcholis! Lancé a Sasafrás dentro del establo y cerré la puerta. Le di unas palmaditas en el brazo a Gorp hasta que empezó a respirar más normalmente. Era hora de ponernos a trabajar.

—¿Qué podríamos hacer? Veamos... —murmuré, dando golpecitos a mis Gafas para pensar—. ¡Ah! Debo intentar varias cosas. ¡Tengo que hacer un *experimento*! Podría agregar distintas cosas al pelaje de Gorp para eliminar el moho. ¡Bingo! Gorp, dame un minuto. Tengo que traer algo de la casa.

Sujeté bien mis gafas y corrí en
dirección a la casa para buscar algunas
bolsas resellables y unas tijeras. Todavía
no estaba segura de qué le pondría a Gorp
en el pelaje, pero sabía que, para empezar,
necesitaba varias muestras de pelo.

Más cuando regresé al establo, no vi a
Gorp por ningún lado. ¡Ay, no!

—¿Estás
por aquí,
Gorp?
¿Dónde te
metiste?

Oí un
crujido de
ramas y
sentí que
alguien
respiraba
con fuerza. Alcé
la mirada y Gorp me
observó desde arriba.

—Tu gato estaba
rasguñando la puerta del
establo con sus
feroces garras.
Quiso salir para
comerme mientras
tú no estabas.
Me pareció más
seguro esperarte

en un árbol. ¿Puedo bajar ahora? ¿Logró derribar la puerta?

—No, Sasafrás sigue encerrado en el establo. Puedes bajar, prometo protegerte.

Gorp bajó lentamente hasta llegar al suelo.

—¿Para qué son esas bolsas?

—Buscaré algo para ponerte en el pelaje y así evitar que te salga moho. Para saber qué funciona mejor, voy a probar varias cosas y las voy a comparar. Necesito tomar algunas muestras de tu pelo para mi experimento. ¿Estás de acuerdo?

Gorp suspiró y dejó caer los hombros.

—Supongo que sí. Pero no me quites mucho pelo ni me hagas un corte raro.

Asentí con la cabeza. ¿Cuántas cosas debía intentar? No estaba segura. Tal vez bastaría con cinco muestras. Debía dejar una de las muestras intacta para ver cuánto moho le salía normalmente al pelaje de Gorp. Luego podría agregar distintas cosas a las otras muestras para intentar eliminar el moho.

Usé el largo de mi dedo índice para medir un mechón del pelaje anaranjado de la espalda de Gorp. Así estaría segura de tomar la misma cantidad de pelo cada vez. En un experimento, se cambia *una* sola cosa y todo lo demás se deja igual. Como estaba cambiando lo que le *agregaría* al pelo, debía mantener la misma *cantidad* de pelo.

Gorp se contoneó y me miró por encima del hombro.

—¿Me vas a cortar pelo de la *espalda*? No creo que sea una buena idea. Tener parches pelados en la espalda podría ser peor que tener moho.

Suspiré.

—¿Qué tal si te tomo muestras del pie? Creo que nadie se dará cuenta de que tienes menos pelo allí abajo.

—Supongo que no —gruñó Gorp—. Si me queda muy mal, podría ponerme calcetines para el Baile de monstruos.

Por fin se había quedado quieto.
Me puse rápidamente manos a la obra
teniendo cuidado de no tocar el moho.

—¡Listo! —anuncié—. Tengo cinco
muestras. Ni siquiera se nota que te
quité pelo.

Gorp estiró el pie, lo movió de izquierda
a derecha y dio un gruñido de aprobación.

—Entonces, si regreso más tarde,
¿tendrás una solución para evitar el moho
hoy mismo?

—Bueno, no. Me tomará por lo menos
dos días obtener resultados.

—¿Dos días? Y, para entonces, ¿con
seguridad tendrás una respuesta?

—Bueno, eso espero
—dije con entusiasmo.

—¡¿Eso esperas?!
—exclamó—.
¡El Baile de
monstruos es en
seis días! ¿Y si no lo
resuelves a tiempo?

—Sabes que puedes ir aunque no lo hayamos resuelto. A Sasafrás y a mí nos encanta que seas nuestro amigo. No nos importa que tengas un poco de moho en el pelaje. Estoy segura de que a algunos de tus amigos monstruos tampoco les importa.

Gorp alzó las manos al aire.

—No puedo presentarme lleno de moho al baile. Sería *lo peor*. Detesto estar mohoso. ¡Lo detesto!

Pobre Gorp. Estaba súper preocupado por el moho en su pelaje. ¡Teníamos que hallar una solución!

—No te preocupes. Voy a intentar un montón de cosas en mi experimento. ¡Estoy segura de que algo va a funcionar!

Gorp resopló, se limpió la nariz y asintió con la cabeza.

Apenas se fue, corrí a la casa con mis bolsas llenas de pelo de monstruo y me lavé muy bien las manos. Tenía dos días para hallar una solución. El reloj estaba en marcha.

CAPÍTULO 6
PLASTILINA

Me senté y pensé. Luego me paré y pensé. Después di vueltas y pensé.

¿Qué podía aplicarle al pelaje de Gorp para impedir que le saliera moho? Mi investigación con el pan había tenido como fin generar *más* moho, no evitar que saliera. Al pan del congelador no le había salido nada de moho. Pero creo que meterse en el congelador no era la solución que Gorp tenía en mente.

Me senté frente a la mesa del comedor
y Sasafrás brincó a mi regazo. Lo acaricié
y miré el desorden de la mesa. Estaba
cubierta con mis proyectos de arte
y las cosas que había inventado usando
lo que mi mamá había apartado para mí
del bote de reciclaje.

Tal vez mis Gafas para pensar
no estaban bien colocadas. Las moví

a la parte de mi cabeza que creí más cercana
al cerebro y esperé. Estaba mirando todo
lo que había en la mesa cuando una palabra
me empezó a revolotear en la cabeza.
Plastilina. *¿Plastilina?*

—Pues bien, Gafas para pensar, si
ustedes lo dicen... —murmuré.

Empecé a jugar con la plastilina
esperando más inspiración de parte

de las gafas. Hice un pequeño Gorp de plastilina. Sasafrás lo vio y ronroneó. Me reí. ¡A mi gato *le encantaba* Gorp!

Comencé a hacer un pequeño Sasafrás de plastilina para ponerlo junto al pequeño Gorp cuando me acordé de algo. ¡La plastilina mohosa! ¡Claro!

Un día estaba preparando una tanda de plastilina brillante con olor a uva. Había reunido todos los ingredientes que necesitaba, pero el envase de sal estaba casi vacío. Solo quedaba

una cucharadita y según la receta debía usar dos tercios de taza de sal. Así y todo, decidí agregar la cucharadita de sal confiando en que sería suficiente para que la plastilina quedara bien.

Y así fue. Bueno, al principio. Luego de unos días había ido a observarla y la plastilina estaba llena de moho. Desconcertada, le llevé el envase a mi mamá para que lo viera.

—La sal mantiene fresca la plastilina —me había dicho—. Si no tiene suficiente sal, le sale moho.

En esa ocasión, mi mamá había usado una palabra especial para referirse a la sal. ¿Cuál era?

Empezaba con c... c... c... ¡Estaba a punto de volverme loca!

En eso, oí cerrarse la puerta principal. ¡Qué alivio! Mi mamá había llegado. Ella recordaría la palabra y estaba segura de que también sabría qué ponerle al pelaje de Gorp.

CAPÍTULO 7
CIENCIA EN LA COCINA

—¡Mamá! —grité—. ¿Cuál es esa palabra con *c*? Para la sal... en la plastilina.

—Hola, Zoé. Sí, estoy bien, gracias —dijo mi mamá soltando una risita, mientras entraba—. La sal es un *conservante*. Un conservante es un ingrediente que se le agrega a algo para evitar que le salga moho y bacterias, y así lograr que dure más. Pero, ¿por qué este repentino interés por los conservantes?

—Gorp sigue necesitando mi ayuda. La idea de la toalla no funcionó. Creo que debe de haber algo en su pelaje de monstruo que hace que el moho salga como loco, incluso cuando está seco.

—Pobre Gorp. Parece que al moho le gusta mucho su pelaje. ¿Estaba terriblemente decepcionado?

—Sí, estaba súper triste. ¡Hasta se puso a llorar! Me da lástima. El Baile de monstruos es en pocos días. *Debo* resolver esto.

—Entonces ¿piensas intentar algo con la sal? —preguntó mi mamá.

—Sí. Cuando me puse las Gafas para pensar, recordé que la sal evita que le salga moho a la plastilina. Pero también debo intentarlo con otras cosas por si la sal falla, ¿verdad? Puedo intentar con tres cosas más. ¿Qué más podría probar?

—Apuesto a que lo averiguarás por ti misma —dijo mi mamá, sonriendo.

—Está bien. Mmmm...

—¿Qué te parece si te doy algunas pistas? Si al final del día no lo has averiguado, te diré lo que yo intentaría, ¿sí?

Sonreí. Las pistas me servirían mucho.

—¿Cuál es mi primera pista?

—Bueno, hay distintas formas
de evitar el moho. Algunos conservantes
se producen en grandes fábricas y a esos
obviamente no tenemos acceso. Pero
en nuestra cocina hay muchos conservantes.
¿Hacia dónde crees que debes dirigir tu
atención?

—Mmmm. Los conservantes hacen
que las cosas duren más. ¿Debería revisar
los alimentos que duran mucho tiempo?

Mi mamá asintió con la cabeza.

—Vas por buen camino, hijita. Lee
la lista de ingredientes en las etiquetas
para ver si descubres qué conservantes
tiene cada uno.

—¡A la cocina, Sasafrás! —anuncié—.
¡A buscar conservantes!

CAPÍTULO 8
A BUSCAR
CONSERVANTES

—Conservantes, conservantes. ¿Dónde están, conservantes? —murmuré, mientras caminaba por la cocina.

Decidí empezar por el mostrador. Vi el aceite de cocina que ha estado allí desde siempre y leí la etiqueta. El único ingrediente era aceite de cocina. Mmmm. ¿Sería el aceite un conservante? Lo puse a un lado para confirmarlo con mi mamá.

Después tomé una lata de frijoles que ha estado ahí desde hace al menos un año.

Frijoles, agua y sal. Otro voto para la sal como un buen conservante.

Luego, tomé un frasco de pepinillos de nuestra huerta. Los habíamos encurtido nosotros mismos el verano pasado, así que también eran bastante viejos. ¡Ah! Y mi mamá había mencionado que, al encurtirlos, los pepinos se *conservarían*.

Cerré los ojos tratando de recordar qué usamos. ¡Tan preciosos los pepinitos! Recuerdo que les echamos un líquido

encima. Arrugué la nariz de solo pensar
en el olor. ¡Era vinagre! No me gusta para
nada su olor, lo que es curioso porque
lo uso mucho. Me encanta jugar con
bicarbonato de soda y vinagre. Nunca
me aburro de ver la espuma que forman
cuando se mezclan. Pero cada vez que
jugaba con vinagre hacía muecas,
hasta que a mi mamá se le ocurrió
un truco genial: agregar unas gotas de
esencia de menta a cada taza de vinagre.

Así, cuando hago entrar en erupción
mis volcanes de mentira, huele como si
flotaran bastones de menta por el aire.

Sasafrás interrumpió mis pensamientos
con un maullido y rasguñó el refrigerador.

—¡Buena idea! Voy a buscar también en
el refrigerador.

Tomé el vinagre y lo puse junto al aceite.

Abrí el refrigerador y eché un vistazo:
leche, huevos, mantequilla. Todos tenían
un solo ingrediente, igual que el aceite de
cocina, pero estas cosas las guardábamos en
el refrigerador. Por lo tanto, no podían evitar
el moho por sí solas. Estaba casi segura de
que el frío del refrigerador era lo que evitaba
que se descompusieran.

En eso, mi mano aterrizó en el frasco
de jalea de frambuesa. Mmmm. Qué
interesante. Llevaba semanas tratando de
terminarme ese frasco gigante de jalea y
seguía en buenas condiciones. Estaba en
el refrigerador, pero también poníamos
las frambuesas frescas en el refrigerador y

aun así, después de unos días, se llenaban de manchas negras de moho. Entonces, debía de haber algo especial en la jalea que evitaba el moho.

Tomé el frasco y leí los ingredientes: frambuesas, agua, azúcar. ¿Azúcar? Mmmm, podría ser. Puse la jalea en el mostrador junto a mis otras opciones.

Después busqué en la alacena, pero todas las galletas y los cereales que encontré solo mostraban ingredientes de nombres raros al final. Probablemente eran los químicos producidos en fábricas que mi mamá había mencionado.

Algunos ni siquiera sabía cómo pronunciarlos. ¡Parecían estar en otro idioma!

Bajé la mirada y le sonreí a Sasafrás, que se había sentado sobre mi pie derecho.

—¿Alguna otra idea?

Sasafrás pareció pensarlo un momento y luego salió de la cocina, y yo lo seguí. Fue hasta donde estaba mi mamá, le saltó al regazo y ronroneó. Supuse que eso significaba que a él también se le habían agotado las ideas.

Mamá me miró y sonrió.

—¿Tienes algunas opciones que darme?

Asentí con la cabeza.

—Encontramos varias cosas que contienen sal. Es un conservante muy común. Las demás opciones son aceite, vinagre y, tal vez, azúcar.

Una sonrisa iluminó la cara de mi mamá.

—¡Muy bien! Todos esos son conservantes. Creo que será genial ponerlos a prueba. ¿Estás lista para hacer tu experimento? Recuerda, cambia solo *una* cosa y...

—Ya sé, ya sé —la interrumpí—, "y mantén todo lo demás igual". Así lo haré, mamá.

CAPÍTULO 9
EL EXPERIMENTO CON PELO MOHOSO

Tomé las bolsas con pelo de monstruo y mi diario científico y me fui a la cocina. Empecé por escribir todos los detalles del experimento para que no se me olvidara lo que había hecho. Podrían pasar uno o dos días antes de saber si saldría moho o no en las muestras de pelo. Y en dos días podía olvidar muchas cosas.

PREGUNTA:

¿Qué evitará que le salga moho al pelaje de Gorp?

Ahora debía formular una suposición o hipótesis. ¿Qué conservante creía que iba a funcionar? La mayoría de las cosas de la cocina contenían sal como conservante. Parecía ser eficaz en muchos casos, así que tal vez también serviría para el pelaje de monstruo.

HIPÓTESIS:

Creo que la sal evitará que le salga moho al pelaje de Gorp.

Muy bien. Ahora debía decidir qué cantidad iba a agregar de cada conservante. Debía usar la misma cantidad en cada muestra. Veamos. ¿Sería suficiente con dos cucharaditas? Me pareció bien.

PROCEDIMIENTO:

1. Poner la misma cantidad de pelo de Gorp en cada bolsa resellable.

2. No agregar nada a una bolsa.
   Agregar 2 cucharaditas de aceite a otra.
   Agregar 2 cucharaditas de vinagre a otra.
   Agregar 2 cucharaditas de sal a otra.
   Agregar 2 cucharaditas de azúcar a otra.

3. Sellar las bolsas.

4. Poner las bolsas en el mismo lugar del establo y revisarlas todos los días para ver si les salió moho.

¡Uf! Tuve que sacudir la mano de tanto escribir.

Primero, sellé la bolsa que solo tenía el pelo. La rotulé para recordar que era la muestra a la que no le había agregado *nada*. En esa bolsa, el moho debía salir normalmente. En unos días, la pondría al lado de las otras bolsas y vería si alguno de los ingredientes estaba logrando evitar el moho.

Tomé otra bolsa, le agregué dos cucharaditas de vinagre y la agité hasta que se humedeció todo el pelo de monstruo. Arrugué la nariz. ¡Guácala! Sellé la bolsa

de prisa para no sentir más el olor. La rotulé *vinagre*. Hice lo mismo con la bolsa de aceite.

Las cosas iban bien hasta que agregué el azúcar a la cuarta bolsa.

—¡Uf! Esto no está funcionando, Sasafrás. El azúcar se va al fondo de la bolsa. La mayor parte ni siquiera está en contacto con el pelo.

¿Estaría bien así? No. Me fastidiaba que el azúcar no recubriera el pelo como el vinagre y el aceite.

¡Plof!

De pronto, a mi lado tenía una gran bola de pelaje esponjoso, sobre el mostrador de la cocina. Estaba a punto de gritar: *"¡Sasafrás! ¡Bájate!"*, cuando me di cuenta de que mi gatito empujaba con la cabeza el frasco de jalea. Qué raro. A Sasafrás le gustaba comer insectos, ¡no jalea!

Cargué a Sasafrás y lo puse en el suelo. Tal vez intentaba decirme que metiera el frasco en el refrigerador. Tomé el frasco y leí los ingredientes una última vez. ¡Ajá! ¡Agua!

Me di vuelta y tomé la lata de frijoles. También contenía agua. Muy bien. Los frijoles tenían sal mezclada con agua y la jalea tenía azúcar mezclada con agua. ¡Claro!

Puse dos cucharaditas de agua y dos cucharaditas de sal en un tazón pequeño,

y dos cucharaditas de agua y dos cucharaditas de azúcar en otro tazón pequeño. Revolví muy bien. Luego agregué dos cucharaditas de agua salada a la bolsa rotulada *sal* y dos cucharaditas de agua azucarada a la bolsa rotulada *azúcar*. Esta vez, en lugar de irse al fondo de la bolsa, el agua azucarada y el agua salada cubrieron el pelo de monstruo. Anoté en mi diario científico el cambio que había hecho a las bolsas de azúcar y de sal.

Aplaudí. ¡Perfecto! Estaba lista para llevar todo al establo.

En ese momento, mi papá entró a la cocina. Me quedé pasmada. Mi mamá había dicho que él no era capaz de ver nada que fuera mágico. Entonces ¿solo vería bolsas vacías? Probablemente le parecería el experimento más raro del mundo.

Mi papá se acercó y me revolvió el pelo.

—¿Otra vez haciendo experimentos, Zoé? ¿De qué se trata este? —dijo al mirar las notas de mi diario—. ¿Pelo de monstruo? Qué idea más ingeniosa. ¿Estás haciendo un experimento de mentira?

—Pues...

Papá alzó una de las bolsas hacia la luz.

—Tal vez sería más divertido si pusieras un poco de pelo adentro. Sasafrás te podría donar un poco —dijo.

Sasafrás gruñó y yo me reí. ¡Para mi papá las bolsas *estaban* vacías!

—¡Qué buena idea, papá! Gracias —dije con entusiasmo.

Cuando mi papá se fue, me acerqué a Sasafrás y le susurré:

—Tranquilo, no te quitaré ni un pelo.

Luego, recogí los materiales y me dirigí al establo. Mientras extendía todo sobre el escritorio, pensé en las lágrimas del pobre Gorp. Si lo que yo estaba intentando no impedía que le saliera moho, no habría suficiente tiempo para hacer otro experimento antes del Baile de monstruos. Y si Gorp seguía mohoso, se quedaría en casa la noche del baile. Otra vez. Se me partió el corazón. Gorp *tenía* que ir al baile. ¡Este experimento *tenía* que funcionar!

CAPÍTULO 10
¿ÉXITO?

La espera era difícil, pero el moho toma su tiempo en salir. Así que Sasafrás y yo hicimos todo lo posible por estar ocupados los siguientes dos días. Fuimos a pasear por el bosque con mi mamá. Cazamos insectos. Construí casitas para Sasafrás con palos y hojas gigantes del bosque.

Hasta que ya no encontramos con qué distraernos. Tomé mi diario científico y corrí al establo para ver cómo iba el experimento.

La primera bolsa que revisé fue la que solo tenía el pelo. Definitivamente, estaba llena de moho. Luego, revisé la bolsa rotulada *aceite*. Había un poco de moho, pero no tanto como en la bolsa rotulada *nada*. Entonces el aceite había sido efectivo hasta cierto punto.

Después miré las bolsas rotuladas *sal*, *vinagre* y *azúcar*. Grité tan fuerte que Sasafrás brincó por los aires con el pelaje erizado. Dejé caer mi diario científico,

cargué a Sasafrás y di vueltas con él en mis brazos.

—¡Funcionó, Sasafrás! ¡Funcionó! La sal, el vinagre y el azúcar, ¡*todos* funcionaron!

En ese momento sonó el timbre del establo. ¡Qué sincronización! Corrí a la puerta y la abrí de un tirón. Estaba tan emocionada, que abracé a Gorp antes de siquiera saludarlo.

—¡Funcionó! ¡Ya sé qué hacer! —proclamé.

Gorp abrió los ojos como platos.

—¿Funcionó?

Estaba tan contento que ni siquiera se dio cuenta de que Sasafrás se colaba entre sus piernas, ronroneando.

Tomé a Gorp del brazo y lo hice entrar al establo.

—¡Mira! Tenemos tres opciones: sal, azúcar y vinagre —dije, alzando las bolsas.

Gorp sonrió y se le iluminó la cara.

—¿Cuál deberíamos escoger? —dijo.

—Buena pregunta. Mmmm. Tienes muchísimo pelaje. Déjame ir a casa y ver qué es lo que tenemos en mayor cantidad.

Estaba por cruzar la puerta, cuando oí un alboroto detrás de mí. Al voltear, vi que Gorp retrocedía hacia una esquina del establo con un gesto de terror. Al parecer, por fin se había dado cuenta de que Sasafrás ronroneaba a sus pies. Cargué a mi gato en brazos y corrí hacia la casa.

CAPÍTULO II
DECISIONES Y MÁS DECISIONES

Puse a Sasafrás en el suelo de la cocina y abrí la alacena. Lo primero que vi fue el envase de sal. Lo revisé y estaba casi vacío. Luego, hice a un lado un paquete de harina y encontré una bolsa gigante de azúcar sin abrir. Mmmm. Esta podría ser la mejor opción.

Por último, miré hacia el fondo de la alacena y encontré nuestra reserva de vinagre. Agité la botella. No quedaba gran cosa. ¡Había estado haciendo demasiados volcanes de bicarbonato de soda y vinagre!

El azúcar era la ganadora oficial. Puse la bolsa grande sobre la mesa de la cocina. *Pum.*

—¿Qué más necesito, Sasafrás?

Sasafrás caminaba impaciente de un lado a otro, junto a la puerta trasera. Quería volver con Gorp.

Tomé una jarra de plástico y un cucharón de madera para mezclar el agua azucarada. Vertí un poco de agua en la jarra y cargué todo en mis brazos.

Avancé a pasitos para no derramar el agua por todas partes.

Sasafrás me maulló durante todo el camino al establo. Creo que no iba tan rápido como él hubiera querido.

Cuando entramos al establo, agregué una buena cantidad de azúcar al agua y mezclé con el cucharón un par de minutos. Luego pasé la mirada de la jarra a Gorp.

—Creo que... deberíamos llevar esto afuera. Aquí se puede formar un reguero.

Salimos y revisé el pelaje de Gorp.

—Oye, ¡no tienes nada de moho en este momento!

—Ah, es que me acabo de bañar en el arroyo. ¿Hice bien?

—Perfecto. El agua azucarada evitará el moho en el pelaje, como lo hizo con la muestra en la bolsa. Voy a... creo que voy a verter un poquito a la vez y voy a espacirlo con el cucharón. ¿Te parece bien?

Gorp asintió con la cabeza y se quedó muy quieto. Sasafrás me vio levantar la jarra y se hizo a un lado de prisa. Odia mojarse.

Vertí y esparcí el líquido lo mejor que pude. Luego de varios minutos, estaba segura de haber cubierto todo el pelaje de Gorp con el agua azucarada.

—¡Ta-tán! Ya estás listo. Si regresas en uno o dos días, te podría poner un poco más de la mezcla.

—¡No puedo creer que voy a ir al Baile de monstruos! —dijo Gorp, contento—. Estoy un poco húmedo, así que voy a dar un paseo para estar bien seco antes de irme a dormir.

—¡Excelente plan, Gorp! ¡Me alegro por ti!

Nos despedimos y me llevé los materiales a casa. Después de poner todo lo que usamos en el fregadero para lavarlo más tarde, tomé mi diario científico y anoté los resultados del experimento con el pelo de monstruo.

Me sentía feliz de haber resuelto el problema de Gorp con el moho. Pero al cerrar mi diario científico, me di cuenta de que otra vez se me había olvidado tomarle una foto.

Quizá Gorp regresaría en unos días por más agua azucarada y entonces se la podría pedir.

CAPÍTULO 12
¡AY, NO!

Sasafrás y yo estábamos en la cocina tratando de decidir qué íbamos a desayunar cuando sonó el timbre mágico.

¿El timbre? ¿Tan temprano? Ojalá, ojalá, *ojalá* que no fuera Gorp con moho otra vez.

Mamá me miró alzando una ceja y me pasó un pan tostado.

—Gracias, mamá —le dije.

Tomé el pan tostado y le di un ligero abrazo antes de salir por la puerta. Sasafrás tomó un gran bocado de comida de gato y salió trotando detrás de mí con la boca llena.

Fuimos volando hasta el establo y abrimos la puerta trasera de un jalón. Y allí estaba Gorp.

—¡Gorp! ¿Qué pasó? ¿Por qué estás todo mojado?

Gorp alzó las manos al aire.

—Todo salió mal. ¡Todo! —balbuceó—. Primero, cuando iba camino a mi cueva, se me pegó de *todo*: tierra, hojas, ramas, ¡hasta insectos voladores! Me veía ridículo.

¡Ay, no! Era obvio que el agua azucarada sería pegajosa. ¿Por qué no pensé en eso? Supongo que fue porque usé el cucharón y las manos no se me pegotearon.

Gorp continuó:

—Pensé que eso sería lo peor, pero estaba equivocado. Las cosas empeoraron. Cuando me desperté esta mañana, tenía un montón de hormigas caminándome por todas partes... hasta por las *orejas*.

¡Ay, no! Había olvidado que a las hormigas les encantan las cosas dulces. ¡Habrán pensado que Gorp era un caramelo gigante en forma de monstruo!

—Salí corriendo, me lancé al arroyo y vine directo aquí —dijo—. No me salió moho en el pelaje, pero esto fue... ¡mucho peor!

—¡Ay, Gorp! Cuánto lo siento. No sé por qué no pensé ni en lo pegajoso ni en las hormigas.

¡Rayos! Lo había echado todo a perder. Me llevé las manos a la cabeza. Me daba mucha vergüenza mirar a Gorp a los ojos.

Sasafrás me dio un empujoncito en la pierna.

—¿Mrrr?

Bajé la vista para ver por qué hacía ese ruido tan raro y vi que tenía una bolsa resellable en el hocico. ¡Claro!

—¡Eres un genio, Sasafrás!

Lo cargué y lo besé en la cabeza. Gorp hizo una mueca de disgusto.

—Todavía no hemos terminado. Hay dos

cosas más que podemos intentar. Y esta vez, te prometo que escogeré con más cuidado.

Abrí la bolsa rotulada *sal* que me había traído Sasafrás. Metí la mano para tantear y se me desplomaron los hombros.

—¡No! El agua salada también es pegajosa.

A Gorp se le llenaron los ojos de lágrimas y le temblaron los labios.

—¡Me rindo! Nada va a funcionar. Nunca podré ir al Baile de monstruos.

—¡No llores, Gorp! Aún nos falta probar con el vinagre —dije, pero estaba preocupada.

Respiré hondo. Tenía que funcionar. El vinagre no era pegajoso, ¿verdad? Las manos nunca me quedaban pegajosas después de jugar con bicarbonato de soda y vinagre. Tal vez un poquito arenosas por el bicarbonato. Pero pegajosas, definitivamente no.

Metí lentamente un dedo en la bolsa y toqué el pelo de Gorp cubierto con vinagre. Miré a Gorp y sonreí.

—¡Siéntelo! —tomé su mano y se la metí en la bolsa.

—¡No está pegajoso! —dijo Gorp mientras una sonrisa se dibujaba lentamente en su rostro.

Gorp sacó de la bolsa un puñado de pelo empapado en vinagre. Luego giró la cabeza hacia un lado, cerró los ojos y sacó la lengua.

—¡Huele horrible! ¡Ay, no! No puedo *apestar* —lloriqueó.

El olor del vinagre también me hizo arrugar la nariz. ¡Sí que apestaba! De hecho, *detesto* el olor del vinagre... y justamente por eso... tenía la solución.

Tomé a Gorp por los hombros.

—Todo va a salir bien. Confía en mí. Puedo mejorar el olor. Espera aquí.

Corrí a la casa y revisé rápidamente la

alacena hasta que encontré el frasquito de esencia de menta.

—¡Gracias, mamá! —murmuré. Tomé el frasquito y la botella de vinagre y corrí al establo.

83

Gorp había dejado de llorar, pero me di cuenta de que, después de tantos altibajos, había perdido las esperanzas de ir al Baile de monstruos.

Le quité la tapa a la botella de vinagre y agregué unas gotas de esencia de menta. Volví a tapar la botella y la agité dos veces.

Vertí un poco del nuevo vinagre sobre la muestra de pelo de Gorp.

—Huélelo ahora.

Gorp le dio un olida rápida. Luego lo olió bien y luego lo olió a fondo.

—¡Huele *delicioso!* —exclamó—. ¿Y no quedaré pegajoso? A las hormigas no les gusta el vinagre, ¿verdad?

—No, no es pegajoso, y a las hormigas no les gusta el vinagre. Puedes ir al Baile de monstruos y no estarás mohoso. Además, ¡olerás a *bastón de menta!*

Gorp me dio un abrazo de monstruo gigante, húmedo y peludo. Una gran sonrisa se me dibujó en la cara. Sentía un gran alivio por haber hallado una solución eficaz.

Gorp aferró la botella contra el pecho y me regaló una gran sonrisa.

—Gracias, Zoé. Esto significa mucho para mí.

Me sentía súper contenta por Gorp. Hasta me dieron ganas de ir al Baile de monstruos para verlo con sus amigos.

Y, en eso, me acordé. ¡La cámara! ¿Y si Gorp se tomara una foto mientras estaba en la fiesta? No sería lo mismo que ver la fiesta en persona, pero cuando se le toma una foto a una criatura mágica, parte de la magia queda atrapada en la foto. Así que, tener la foto sería como tener un poquito del Baile de monstruos.

—Oye, Gorp, ¿te puedo pedir un favor antes de que te vayas? ¿Estarías dispuesto a llevarte mi cámara y tomarte una foto en el Baile de monstruos? Luego, tal vez puedas venir a visitarme y contarme todos los detalles.

Antes de que Gorp pudiera negarse, corrí al establo, tomé mi diario científico y la cámara. Le mostré cómo funcionaba y lo que era una foto.

La tomó con cuidado y la miró.

—Llevaré tu cámara al baile y haré todo lo posible por traerte una foto.

CAPÍTULO 13
GRACIAS

Sasafrás miraba desde una orilla de mi caja de arena mientras uno de los volcanes de arena hacía erupción. Luego de enterarse de nuestro éxito, mi mamá había ido a la tienda a abastecerse de vinagre.

Enterré otra botella de plástico llena de bicarbonato de soda debajo de la arena. Me aseguré de que solo la boca de la botella se asomara y luego tomé el vinagre con aroma a menta.

El olor a menta me hizo pensar en Gorp. Hoy era viernes y él nos había dicho que el Baile de monstruos era el jueves. "Ojalá que haya ido y la haya pasado de maravilla", pensé.

Vertí el vinagre en la botella. Algunas de las burbujas blancas se derramaron por los lados del volcán y alcanzaron la pata de Sasafrás. Mi gato dio un salto y sacudió

la pata frenéticamente para quitarse
las burbujas.

—¡Ay, Sasafrás! —dije, soltando una risita.

De pronto, se quedó inmóvil con la
pata en el aire y corrió ronroneando hacia
el bosque.

Me levanté. ¿Sería Gorp?

Corrí detrás de Sasafrás y lo encontré a
los pies de Gorp. Otra vez estaba mirando
al gran monstruo con adoración.

Gorp se veía preocupado pero, apenas
me vio, sonrió. En una mano sostenía
la cámara y una foto, mientras que
escondía la otra mano detrás de la espalda.

Me moría de ganas de ver la foto del
Baile de monstruos. Corrí hacia él y le di
un fuerte abrazo.

—¡Zoé! Gracias por todo lo que hiciste
para resolver mi problema del moho. La pasé
genial en el Baile de monstruos. ¡Mira!

Gorp me entregó la foto. Se veía muy
elegante con su corbatín. Estaba abrazando
a otros dos monstruos, y los tres se estaban

riendo. De hecho... me pareció oírlos. Me acerqué la foto al oído y sonreí. Un sonido de carcajadas salía sin duda de la foto.

—Puedo ver y *oír* que la pasaste genial.

Acerqué la foto a la oreja de Gorp.

—¡Guau! —exclamó.

Señalé el pastel que se veía al fondo.

—¿Y hubo pastel? —pregunté.

—¡Sí! El famoso pastel de lodo decorado con larvas que hace mi tía. Es delicioso.

El estómago se me revolvió al pensar en las *larvas*.

—Ah... pues... qué rico —logré decir.

—Debí haberte guardado una porción —dijo, negando con la cabeza—. ¡Pero te traje esto!

En la mano que escondía tras la espalda tenía aferrado un manojo de malezas verdes y marrones, con raíces llenas de tierra y todo.

Me quedé mirando un minuto, sin saber qué pensar.

Gorp me lo acercó otra vez.

—Es un *buqué*. ¡Es para ti, Zoé!

¡Ahhh! Tomé el "buqué" de malezas y sonreí.

—¡Muchísimas gracias, Gorp! No tenías por qué. ¡Estoy tan contenta de que por fin fueras al Baile de monstruos!

—Yo también. ¿Sabes qué fue lo más gracioso? Todos se la pasaron preguntando por qué no había ido antes a los bailes. Y cuando les conté sobre el pelaje mohoso,

me dijeron que no les molestaba. Así que todo este tiempo, me estuve preocupando sin razón. Pero debo admitir que me siento muy bien sin moho. ¡Y ahora huelo *tan* bien!

Inhalé y percibí el aroma a bastón de menta. *Qué rico.*

—¡Sí que hueles bien! —dije.

Gorp miró hacia atrás.

—Lo siento, pero no puedo quedarme más tiempo. Les prometí a mis amigos que iría con ellos a cazar salamandras brillantes.

—Espero que vengas a visitarnos de vez en cuando. Siempre tendremos listo el vinagre con olor a menta para tu pelaje.

Gorp me dio un último abrazo y luego extendió un dedo y tocó con delicadeza la cabeza de Sasafrás. Mi gatito comenzó a ronronear efusivamente. Gorp sonrió nervioso, se despidió agitando la mano y se fue al bosque a jugar con sus amigos monstruos.

Sasafrás y yo entramos a la casa. Tomé un florero, lo llené de agua y traté de acomodar las malezas. Bueno, tan bien como se puede acomodar un buqué de malezas.

Mi papá entró a la cocina y alzó una ceja cuando vio lo que estaba haciendo.

—Es un buqué que me regaló un amigo —le dije.

—Tu amigo es un poco raro, Zoé. Se supone que los buqués son de flores, ¿no?

Me reí y asentí con la cabeza.

Llevé el ramo al cuarto y lo puse en el escritorio junto a mi diario científico. Sasafrás rascó con las patas las hojas del diario hasta abrirlo en la foto de Gorp. Frotó su cara contra la foto, ronroneando a todo volumen. Al hacerlo, un poco de saliva cayó sobre la foto.

—¡Guácala, Sasafrás! ¡Qué asco! —dije, pasando las páginas hasta llegar a una página en blanco y así proteger la foto de la saliva de mi gato.

Al salir del cuarto con Sasafrás en brazos, volteé para mirar el diario abierto en mi escritorio. No pude evitar sonreír al imaginar cuál sería el siguiente amigo mágico que conoceríamos.

GLOSARIO

conservante: algo que evita que salga moho

experimento: lo que haces para obtener una respuesta a tu pregunta

hipótesis: lo que piensas que va a pasar con tu experimento

materiales: todas las cosas que necesitas para hacer tu experimento

moho: tipo de hongo de apariencia esponjosa que descompone, o se come, las cosas muertas

procedimiento: pasos que sigues al hacer un experimento

solución: respuesta al problema

ACERCA DE LA AUTORA Y LA ILUSTRADORA

ASIA CITRO fue maestra de Ciencias, pero ahora se dedica a jugar en casa con sus dos hijos y a escribir libros. Cuando era pequeña, tenía un gato parecido a Sasafrás. A este le encantaba comer insectos y siempre la hacía reír (el juguete favorito de su gato era una nariz humana de plástico que llevaba a todos lados). Asia también ha escrito tres libros de actividades: *150+ Screen-Free Activities for Kids*, *The Curious Kid's Science Book* y *A Little Bit of Dirt*. Ella aún no ha podido encontrar un dragoncito en su jardín, pero siempre mantiene los ojos bien abiertos, por si acaso.

MARION LINDSAY es una ilustradora de libros para niños a la que le encantan los cuentos y sabe reconocer enseguida cuando tiene uno bueno enfrente. Le gusta dibujar de todo, pero pasa demasiado tiempo dibujando gatos. A veces tiene que dibujar perros para compensar un poco la cosa. Marion ilustra cuentos infantiles y libros por capítulos, y también pinta cuadros y diseña estampados. Al igual que Asia, Marion siempre está a la búsqueda de dragones. A veces sospecha que en la alacena de su cocina vive un dragoncito.